SUPPLÉMENT
A LA COUR PLÉNIERE,

EN UN ACTE,

AVEC DES NOTES INTÉRESSANTES;

Auquel on a ajouté le véritable Teftament de Desbrugnieres.

Pour fervir de fuite aux premieres Editions de cet Ouvrage.

A BAVILLE,

Chez la Veuve LIBERTÉ, à l'enfeigne de la RÉVOLUTION.

1788.

AVIS

DES ÉDITEURS

DES méchants, des gens à cabale, de ces mauvaises langues de Cour, ne prétendent-ils pas que c'eſt un tour joué au miraculeux Abbé ; . . . . que cette Pièce n'eſt pas de lui ; . . . que c'eſt un ridicule ſanglant jeté ſur ſa perſonne ; . . . que c'était un ami du Lamoignon ; . . . qu'il eſt auſſi plaiſant de lui prêter de l'eſprit, que de lui ſuppoſer du patriotiſme ; . . . que la Reine va le chaſſer d'auprès de ſa perſonne ; . . . qu'Elle fera bien ; . . . qu'on fait proviſion, à Paris, de houſſines pour étriller les épaules du cher Abbé, avant ſont départ ; . . . que . . . que . . . que ? . . .—Pures calomnies ! calomnies atroces ! — Cette Comédie eſt abſolument de l'Abbé de Vermond ; c'eſt lui qui a ouvert les yeux à la Reine & à M. le Comte d'Artois. La France ne ſera redevable qu'à lui, de tous les changements heureux qui s'opèrent, qui ſe ſont opérés, & qui s'opéreront. — Ma foi ! ſi le ſucceſ-ſeur de M. de Croſne fait bien, il donnera des ordres très-ſévères pour rechercher & faire punir ces malveil-lants. — Moi, je leur ferais percer la langue avec un fer rouge.

SUPPLÉMENT aux Noms des Personnages.

LENOIR, Chef des Espions.
TROUPE D'ESPIONS.

Jeu pantomime dans les entr'actes.

La Scène est à Versailles.

Nota. Quoique M. DE BRETEUIL ait quitté le Ministère, on a cru devoir le rappeller ici. Le Rôle qu'on lui a donné justifiera nos motifs.

La Cour Plénière,

Héroï - Tragi - Comédie.

ACTE QUATRIÈME.

La Scène est dans l'Antichambre du Roi.

SCÈNE PREMIÈRE.

LES DÉPUTÉS , Mme D'ÉPRÉMESNIL ,
SES DEUX FILLES , LE GARDE DES
SCEAUX , LE NOIR Chef des Espions! ,
ESCLAVES à la suite du Garde des Sceaux ,
parmi lesquels on distingue ALBERT , PIÉ-
PAPE, L'ABBÉ MAURI, DAGOULT, LE
MARQUIS D'HARCOURT.

LE NOIR, *du fond du Théatre : (il est caché par un*
paravent, on n'apperçoit que sa tête.)

MONSEIGNEUR!... Monseigneur !

LE GARDE DES SCEAUX.

Ha ! c'est vous, le Noir ? Eh bien ! Breteuil?..
nos Députés ?...

LE NOIR.

Chut! ils font ici... Nous les tenons, Monſeigneur! Mes Aides-de-Camp ont fait merveille;
mes *Vedettes* m'ont très-bien ſervi. Et moi! A la
tête de l'armée, j'ai fait l'Alexandre *aux Chámps
de Pharſale* (*)

LE GARDE DES SCEAUX, *ſouriant.*

(*A part.*) L'Alexandre des Eſpions!...

LE COMTE DE SABRAN.

A qui donc parle le Tyran?

LE CHEVALIER DE GUER, *d'un ton affirmatif.*

A quelqu'homme ſans pudeur, car je l'ai vu
ſourire.

LE GARDE DES SCEAUX, *toujours à le Noir.*

Et... ils ont jaſé?... Quelques propos un peu
vifs?...

LE NOIR.

D'Eprémeſnil n'aurait pas mieux fait... Tenez,
Monſeigneur, liſez. (*Il lui préſente le rouleau de
papier ſur lequel l'un des Eſpions avait écrit la con-
verſation des Députés.*)

LE GARDE DES SCEAUX, *parcourant le rouleau
avec avidité.*

Mais! rien contre la perſonne du Roi?... Point

(*) Il y a ici un petit *quiproquo* ; mais M. le Noir
ne ſe pique pas de ſavoir l'hiſtoire, encore moins la
topographie.

de forties contre la Reine?...(*Il fait un gefte d'humeur.*)

M. DE MESPLESSES à Mme D'ÉPRÉMESNIL,
que ce gefte femblait avoir effrayée.

Raffurez-vous, Madame!

LE NOIR.

Etourderie de mon Secrétaire, Monfeigneur! mais j'ai fait laiffer des *blancs.*

LE GARDE DES SCEAUX.

Toujours des précautions charmantes, mon cher le Noir! Va, fois tranquille; je te promets un nouvel Arrêt du Confeil...A propos! Et notre Libelle contre les Parlements?

LE NOIR.

Pas un Imprimeur à Paris qui ait voulu s'en charger. Nous comptions fur ceux de Rouen; les impertinents ne fe font-ils pas avifé de faire les difficiles? *Ourfel* a maltraité notre Editeur, (*Il montre le Marquis d'Harcourt.*) & fans le cher Marquis qui nous a procuré un certain Leboul-lenger...(*)

LE MARQUIS.

Monfeigneur! c'eft l'honnête homme dont je vous ai parlé.

_____

(*) Imprimeur à Rouen, l'efpion privé du Marquis d'Harcourt; celui dont il s'eft fervi pour épier les démar-ches du Parlement. (*Voyez la Note, page* 56.)

LE GARDE DES SCEAUX.

Ah! oui ! au fujet du Procureur *Macaclin* & du dernier Arrêté de Rouen. ,. Vous êtes un homme charmant, Marquis ! (*à le Noir.*) Mon cher le Noir ... ces gens nous obfervent : va m'attendre dans mon cabinet. . . .

LE NOIR.

Pour les *blancs*, Monfeigneur ! ... (*Il fe gliffe derrière le paravent , & difparaît*)

LE GARDE DES SCEAUX.

(*A part.*) J'enrage. (*Haut.*) M. le Comte, je fuis obligé de vous quitter. Le Roi m'attend, fans doute, avec impatience. Mon Difcours à lui communiquer; fa déclaration à revoir; des difpofitions à prendre pour le Lit-de-Juftice de demain (car j'entends qu'il ait lieu *mon* Lit-de-Juftice ;) l'Arrêté du Parlement contre lequel je veux le prévenir. ... Oh ! ils n'en font pas encore où ils croient. ,. Vous voyez, mon cher Comte, que mes moments font précieux ... (*A Dagoult.*) Dagoult ! veillez fur ces perturbateurs du repos public... fur ces révoltés ; dans l'inftant j'apporte les ordres du Roi. (*Au Chevalier de Guer.*) Miférable! je vais t'apprendre à parler avec plus de refpect au Chef de la Magiftrature. (*Il entre chez le Roi.*)

SCÈNE

SCÈNE II.

LE COMTE DE MONTMORIN, LES ACTEURS PRÉCÉDENTS.

Les Perfonnages en fcène varient leurs geftes, leurs mouvements & leurs attitudes, à raifon des différentes impreffions qu'ils éprouvent.

LE CHEVALIER DE GUER.

Homme vain!... homme préfomptueux! Va, tes menaces n'excitent en moi d'autre fentiment, que celui de la pitié. (*A M. de Montmorin*, *d'un air pénétré.*) Eh! c'eft lui, M. le Comte, dont on affure que vous êtes le partifan ..l'ami?... Que vous a donc fait votre malheureux Pays, pour devenir le protecteur d'un homme dont toutes les opérations femblent n'avoir été combinées que pour le détruire? Ah! M. le Comte!... M. le Comte!... j'aurais eu tant de plaifir à vous eftimer!... (*)

LE COMTE DE MONTMORIN.

Je l'avoue, M. le Chevalier, & je l'avoue en

(*) Et nous auffi... On le voit par le rôle que nous lui faifons jouer, & les regrets, *que nous lui fuppofons*, fur fon intimité avec le déteftable Lamoignon. — *Voyez la Supplément aux Notes.*

B.

rougiffant : des confidérations particulières, d'anciennes habitudes, de la faibleffe peut-être, m'ont engagé à le foutenir fur le bord du précipice. J'ai fait plus : hier encore, fur quelques avis qui m'ont été donnés de fa chûte prochaine.....

DAGOULT.

(*A part.*) De fa chûte prochaine !... (*Il épie avec moins de précaution les Députés.*)

ALBERT, (*à part.*)

De fa chûte prochaine !... Oh ! oh ! il était temps que Berthier délogeât Mon pauvre Albert !. tu ne feras pas Lieutenant-Civil.

LE COMTE DE MONTMORIN *continue.*

...Je me fuis rendu chez M. le Comte d'Artois, dont le zèle pour le bien public fe manifefte chaque jour, au point de faire oublier à jamais les doutes, mal-fondés, qu'on avait fur fon patriotifme... Je favais tout ce que ce Prince avoit concerté pour empêcher le Lit-de-Juftice du lundi : je favais auffi qu'il regardait le facrifice de Lamoignon, comme néceffaire au bien de l'Etat....

DAGOULT.

(*A part.*) Le facrifice de Lamoignon !... (*Il n'obferve prefque plus les Députés.*)

LE CHEVALIER DE GUER.

Eh bien ! Monfieur le Comte ?

LE COMTE DE MONTMORIN.

J'ai fait valoir auprès du Comte d'Artois, la

fituation défefpérante où fe trouvait le Garde des Sceaux, fon nom illuftre dans la Magiftrature, une famille honorable, les fervices de fes ancêtres... (*On entend quelques mouvements dans la Chambre du Roi.*) J'ai dit qu'il avait été trompé, fubjugué, forcé par M. de Brienne, dont la difgrace était décidée. . . .

LE COMTE DE SABRAN.

Et... la réponfe de M. le Comte d'Artois ?

LE COMTE DE MONTMORIN.

Il ne m'a pas laiffé achever ; il fe lève brufquement, & me prenant par le bras : Monfieur ! me dit-il, êtes-vous de fes amis ? Allez le trouver fur le champ, & dites-lui que fa retraite eft indifpenfable.

DAGOULT.

Sa retraite eft indifpenfable !...(*Il fe tourne du côté de l'Abbé Mauri.*) Mais, l'Abbé ! Et, qui me paiera ma penfion ? (*)

L'ABBÉ MAURI, *à Dagoult.*

Mais, mon cher Dagoult ! Et moi ! Qui me paiera mes *Métaphores ?* (**)

MADAME D'ÉPRÉMESNIL.

Grand Dieu ! permets que mes preffentiments ne foient pas déçus !

_____

(*) Il s'agit, fans doute, de la penfion de 4000 livres, dont Dagoult avoit reçu un quartier d'avance pour la capture de M. d'Eprémefnil.

(**) Voyez page 63, Scène VI, du 2e Acte, ligne 9.

SCÈNE III.

LES ACTEURS PRÉCÉDENTS, LE BARON DE BRETEUIL.

(Le bruit augmente dans l'intérieur. Des Seigneurs sortent de chez le Roi & passent au fond du théatre, l'air de satisfaction peint sur le visage. Le Comte DE MONTMORIN , les DÉPUTÉS, Madame d'ÉPRE-MESNIL , ont les yeux fixés sur la porte de la chambre du Roi, sans proférer une seule parole. ALBERT, PIEPAPE , l'Abbé MAURI , DAGOULT & les autres Espions , stupéfaits de ce qu'ils viennent d'entendre, incertains de ce qui se prépare , se regardent d'un air pétrifié.)

LE BARON DE BRETEUIL *sortant de chez le Roi.* (Il traverse le théatre avec précipitation , & s'arrête devant les Députés.)

Enfin , Messieurs, le vœu de tous les bons citoyens est accompli.

LE CHEVALIER DE GUER.

M. de Lamoignon n'est plus Garde des Sceaux ?

LE BARON DE BRETEUIL.

Je ne l'ai jamais haï : je voudrais pouvoir le plaindre. Non , Messieurs , il ne l'est plus.

Madame D'ÉPRÉMESNIL *à ses deux Filles,*
avec attendriſſement.

Mes chers enfants ! Vous avez donc l'eſpoir
d'embraſſer votre père : (*Elle les preſſe contre*
ſon ſein.)

LE BARON DE BRETEUIL. (*Il continue de*
s'adreſſer aux Députés.)

L'indulgence du Roi s'eſt épuiſée en faveur de
l'Archevêque de Sens. La Reine, elle‑même,
malgré la bonté de ſon cœur, n'a pas daigné devenir
l'appui du Garde des Sceaux. C'eſt à M. le Comte
d'Artois que la France doit ſon ſalut. Cet excellent
Prince, toujours trompé (parce que les hommes
bons & confiants le ſont néceſſairement) a enfin
ouvert les yeux ſur les malheurs qui menacent la
Nation. Comme ils étoient au comble, il a ſenti qu'il
falloit le remède le plus prompt. Ce matin il monte
chez la Reine :— » Madame, lui dit-il, on prépare
» un Lit-de-Juſtice. Quoi ! veut-on donner encore
» aux peuples un ſpectacle toujours ridicule lorſqu'il
» eſt inutile ? On vous a trompée ; les Français
» chériſſent leur Reine : je veux vous en faire
» adorer. Secondez mes efforts, Madame : allons
» chez le Roi ; peignons-lui ſes ſujets ou plutôt ſes
» enfants, qui lui demandent, à genoux, de les
» délivrer d'un tyran qu'ils abhorrent.

LES DÉPUTÉS, *enſemble.*

Prince adorable ! l'Etat vous devra donc ſon
ſalut !

LE BARON DE BRETEUIL *continue.*

Que vous dirai-je, Meſſieurs! la Reine, heureuſe
de pouvoir donner une preuve de ſon affeƈtion à
un peuple dans l'eſprit du quel on l'a calomniée ſi
ſouvent, s'eſt rendu auſſi-tôt chez le Roi. L'expreſ-
ſion touchante avec laquelle elle a peint l'état dé-
plorable où la France eſt réduite, a ému le cœur
de ſon auguſte époux... Des larmes coulaient de
ſes yeux.

LES DÉPUTÉS.

Adorable Princeſſe!

Madame D'ÉPRÉMESNIL.

Ah! comme mon époux la connaiſſait!

LE BARON DE BRETEUIL *continue.*

Le Comte d'Artois a parlé enſuite : il a plaidé la
cauſe de la Nation avec autant de vivacité que de
candeur. Chaque mot de ce Prince était un trait de
flamme qui pénétrait le Roi. — « Qu'il ſoit renvoyé
» ſur-le-champ » a-t-il dit! « que mes Parlements
» ſoient rappellés! que la Nation s'aſſemble! que le
» calme renaiſſe! que mes Peuples ſoient heureux! »
(*Il ſe tourne du côté du Comte de Montmorin.*) M. de
Montmorin, lorſqu'il a reçu l'ordre de le mander,
a dû lire dans les yeux de Sa Majeſté, l'indignation
dont Elle était pénétrée. Enfin, Meſſieurs, dans le
moment où je vous parle, cet homme orgueilleux
& lâche, eſt aux pieds du Roi. Si vous voyiez, avec
quelle baſſeſſe il ſollicite, pour dernière grace, la

permiffion de s'évader par un efcalier dérobé, afin
d'échapper aux huées qui l'attendent !.. (*Il apper-*
çoit Dagoult, & lui jette un papier.) Dagoult ! le
Roi vous commande de conduire M. de Lamoignon
à Bâville.

DAGOULT *ramaffe le papier , & s'avance en fe*
profternant devant le Baron de Breteuil.

Ah ! Monfeigneur !... ma reconnaiffance !...

LE BARON DE BRETEUIL *le regarde avec*
mépris , hauffe les épaules, & lui tourne le dos.

(*A Mde d'Eprémefnil.*) Ah ! Madame, pardon de
mon incivilité , je ne vous avais point apperçue.
J'étais pourtant bien empreffé de vous voir !

Madame D'ÉPRÉMESNIL, *d'une voix entrecoupée.*

Empreffé de me voir, M. le Baron !...Com-
ment ?... ferais-je affez fortunée ?... Ah ! Monfieur ;
ah ! M. le Baron, rendez-moi la vie !

LE BARON DE BRETEUIL.

La religion du Roi eft enfin éclairée, Madame.
Sa Majefté ne s'eft point contentée de rendre à fes
Peuples, fes Juges & fes Défenfeurs : elle s'eft
rappellée qu'elle avait un fujet fidèle & vertueux
qui gémit dans les fers ; & le premier acte de fa
juftice a été de s'inquiéter fur le fort de M. d'Eprémefnil. — Je fuis trop heureux, Madame, que le
Roi m'ait choifi pour vous apporter une auffi
agréable nouvelle...... Voici la liberté de votre
époux.

Madame D'ÉPRÉMESNIL.

Ah, Monſieur ! il ſera bien doux pour M. d'E-
prémeſnil, d'apprendre que je l'ai reçue de mains
auſſi pures, après en avoir été privé par celles....
(*Elle jette un coup-d'œil énergique ſur Dagoult.*)

DAGOULT.

Madame, eh ! mais ! L'ORDRE DU ROI ! ...

Madame D'ÉPRÉMESNIL, *à M. le Baron de*
Breteuil.

Je remets à un autre temps, M. le Baron, à vous
témoigner ma reconnaiſſance. Mille victimes infor-
tunées vous tendent les bras. Volez à leur ſecours :
une fonction auſſi noble eſt digne de vous. ...Par-
donnez mon empreſſement..... La liberté d'un
époux... (*elle montre ſes filles.*) d'un père... Et,
il y a ſi loin aux Iſles Sainte-Marguerite! (*Elle*
ſort avec ſes filles.)

SCÈNE IV.

LES ACTEURS PRÉCÉDENTS.

LE COMTE DE VIENNOIS.

QUEL bruit ſe fait entendre de nouveau chez
le Roi? ...

LE BARON DE BRETEUIL.

La porte s'ouvre! ... Quoi! ... ſerait-ce? ...

SCÈNE V.

SCÈNE V.

LES ACTEURS PRÉCÉDENTS, M. DE LAMOIGNON, UN HUISSIER DE LA CHAMBRE.

(DAGOULT ne quitte pas un moment l'Ex-garde des Sceaux ; il fait autant de pas que lui, dans l'antichambre du Roi. Les autres Esclaves paraissent anéantis & contraints ; il font différentes tentatives pour s'échapper sans être apperçus ; mais ils sont toujours retenus par la présence des Personnages respectables qui sont en scène ; & qui, de temps à autre, leur jettent un coup-d'œil expressif. Le Comte de Montmorin, la main sur le front, est plongé dans une rêverie profonde, semble méditer une retraite. Le Baron de Breteuil s'entretient avec les Députés. Le délire de l'Ex-garde des Sceaux tout méprisable, qu'il est à leurs yeux, paraît les affecter ; ils le témoignent par leurs gestes.)

L'HUISSIER DE LA CHAMBRE, à M. de
Lamoignon.

NON, Monsieur, non ! point d'escalier dérobé !
Vos prières sont vaines. (Il le pousse dehors.)
LE CHEVALIER DE GUER.
Comme il a l'air égaré !

(*M. de Lamoignon court çà & là dans l'anticham-*
bre du Roi, avec toutes les marques d'un efprit
aliéné ; il s'arrête devant le Baron de Breteuil &
les Députés.)

LE BARON DE BRETEUIL.

Il a les yeux fixés fur nous, & femble ne pas
nous voir.

LE GARDE DES SCEAUX.

Où fuis-je ?... Quels objets m'environnent ?...
Dans quels lieux m'a-t-on tranfporté ?... Quelles
ténèbres épouvantables !.... (*Il écoute.*) Quel
filence effrayant !... (*Il écoute encore, & recule*
avec effroi.) Mais ! un bruit affreux vient frapper
mon oreille !... Des chaînes !... des verroux !...
A la lueur des flambeaux qui m'éclairent, j'entre-
vois des cachots !... (*Il apperçoit Dagoult fans le*
reconnaître.) Un monftre que l'enfer a vomi pour
me dévorer, fuit mes pas !... Albert, Piépape,
& toi, mon cher Dagoult, volez à mon fecours !...
mais ils ne m'écoutent pas... Les cruels m'abandonnent, ils m'abandonnent !...... (*Il s'arrête*
quelques inftants.)

LE BARON DE BRETEUIL *aux Députés.*

Son délire me fait compaffion , je vous l'avoue...
Mais, quelle nouvelle folie nous prépare-t-il ?

LE GARDE DES SCEAUX *à l'Abbé Mauri,*
dont il s'empare, dans le moment où cet Efclave

avait trouvé moyen de s'évader sans être apperçu.

(*D'un air triomphant.*) Oh ! vous ne m'échap-
perez pas, M. de Meaupou !... Votre démission
est-elle prête ?... Vous savez ce que vous m'avez
promis ?... Vous détournez les yeux !... Ha, ha !
mon triomphe vous blesse !... Eh bien ! je vais
tout vous raconter. — Le Lit-de-Justice, malgré
les belles oppositions du Comte d'Artois, a eu
lieu : j'ai prononcé un Discours sublime. Le Roi
a fait une Déclaration foudroyante. Séguier a
voulu bavarder des phrases : les Parlements sont
cassés. Mes grands Bailliages !... Oh ! je suis dans
un enchantement !... A demain la seconde séance
de la Cour Plénière. Je veux y paraître en Chan-
celier : ce sont nos conventions, Cousin. Allez
tout disposer ; mais, allez donc vîte ! (*Il le pousse*
sur les Députés.)

     L'ABBÉ MAURI *confondu.*

Oh ! Messeigneurs !...

LE GARDE DES SCEAUX. (*Il retombe dans*
                son premier délire.)

Mais ! quel tumulte ?... On brise mes portes !...
Dieu !... des satellites !... Pour qui sont ces
fers que vous apportez ?... Pour moi !... Vous
en chargez mes mains !... Vous me garrottez
comme un vil criminel !... Vous me forcez à vous
suivre !... Quelle foule immense & curieuse se
précipite sur mes pas !... Tous les yeux me lan-

cent la foudre!... Des cris de-malédiction reten-
tiffent autour de moi!... (*Il recule avec effroi.*)
Mon image fur un bûcher ardent!.... Laiffez,
laiffez-moi!... Je veux m'y précipiter!... Les
cruels m'entraînent!... Ils me font marcher fur
des ferpents!... O terre! engloutis l'infortuné
Lamoignon!.... Me voici devant le Tribunal
redoutable que j'ai profané fi long-temps!.....
(*Il fixe le Baron de Breteuil, le Comte de Montmorin
& les Députés.*) Je les vois tous, tous!...., Les
voici!... Voici d'Aligre, d'Ormeffon, Bochard,
de Gourgues!... Eh bien! que voulez-vous de
moi?... Êtes-vous affemblés pour me juger?...
Grace! grace!... je l'implore à genoux, & je
confeffe mes crimes..... (*Il fe jette à genoux.*)
L'orgueil & la haine m'ont égaré!.... Je vous
abhorrais, j'ai trompé le Roi, j'ai renverfé les
Loix, j'ai perdu la Nation pour vous écrafer.
— Protégez-moi, vous, du moins, qui fûtes mes
amis, d'Outremont, Glatigny, Pafquier!...Mais!
vous détournez les yeux!.. vous m'abandonnez!..
Eh bien! mon courage me refte. (*Il fe relève.*)
Lamoignon à vos pieds! Quelle infamie! je faurai
braver vos fureurs! Je ne mourrai-pas fans avoir
fignalé ma vengeance!... Je romperai mes fers...
Je me jetterai fur vous comme un lion rugiffant;
je veux brifer vos têtes & déchirer vos entrailles!..
Tiens, tiens, de Gourgues, voilà le coup que

je t'ai réfervé !... (*Il donne un foufflet à Dagoult.*)

LE COMTE DE MONTMORIN.

Grand Dieu ! quelle affreufe métamorphofe !...

LE CHEVALIER DE GUER.

Le malheureux ! Je le déteftais , & fon état me pénètre l'ame.

DAGOULT, *outré.*

Allons, qu'on me fuive, d'ORDRE DU ROI.

Dagoult l'entraîne avec violence. Les autres Eclaves profitent de ce moment favorable pour échapper. M. de Montmorin ne peut plus y tenir : il fort derrière eux. On entend des huées dans le dehors ; une foule de perfonnes de toutes claffes fe préfentent pour entrer , & forcent les obftacles qui s'y oppofent.

SCÈNE VI & *derniere.*

LE BARON DE BRETEUIL *aux Gardes qui s'efforcent d'écatter la foule.*

Eh ! Meffieurs ! laiffez-les faire : ils viennent pour bénir leur Roi.

(On ouvre les deux battants de la Chambre de S. M. : le peuple fe range , de lui-même , fur deux haies : le BARON DE BRETEUIL , les DÉPUTÉS fe mêlent dans la foule.)

UN HUISSIER DE LA CHAMBRE.
LE ROI, MESSIEURS!

Le ROI est suivi de la REINE, de MONSIEUR, du Comte d'ARTOIS. La joie la plus vive & la plus pure, est peinte sur leurs visages. Le Comte d'ARTOIS fait remarquer l'empressement du Peuple au ROI.

LE BARON DE BRETEUIL, *au Peuple.*
Messieurs, voilà notre Père!... notre Ami!...

Mille cris de *VIVE LE ROI! VIVE LA REINE! VIVE MONSIEUR! VIVE le Comte D'ARTOIS!* retentissent de toutes parts. Le Roi, & son auguste Famille, attendris par ce spectacle touchant, ne peuvent cacher leur émotion. Le Baron de Breteuil, les Députés & le Peuple, les suivent dans la grande galerie. On entend, long-temps encore après qu'ils sont sortis, répéter avec enthousiasme, les cris de *VIVE LE ROI! VIVE LA REINE! VIVE MONSIEUR! VIVE le Comte D'ARTOIS.*

On baisse la toile.

DEUXIÈME LETTRE

DE L'ABBÉ DE VERMOND,

EN réponse à celle que lui avaient adressé les Editeurs.

Verſailles, ce 14 Septembre 1788.

J'AI reçu votre jolie, votre charmante Epitre, mes chers Editeurs : oui ; je ſuis aux nues, & par-delà. L'enthouſiaſme du Public a juſtifié le vôtre, & je vous dois l'auréole dont on s'eſt empreſſé de ceindre mon front. Me voici Saint, très-Saint ; & Madame de B**** doit écrire au Pape pour me ménager un joli petit coin dans le calendrier ; & ſi S. S. eſt galante, on chantera bientôt dans les Litanies : *SANCTE VERMONDE, ora pro nobis.*

Ma future canoniſation, cependant, ne me trouble pas le cerveau, au point de m'aveugler ſur quelques défauts de ma Pièce, & les changements néceſſaires à la ſeconde édition que vous préparez. Je ne ſuis pas de ces Abbés qui veulent être Saints par cabale : j'irais plutôt vingt fois à Notre-Dame de Lorette, pieds nus, comme le bienheureux Saint Labre.

Je ne vous parlerai pas, mes chers Éditeurs, des changements nécessités par le renvoi de l'Archevêque & du Lamoignon : je vous en ai écrit les circonstances ; c'est à vous à en tirer tel parti que vous jugerez à propos. — Revenons à mon Drame.

Mes bons amis (mes amis de Cour) m'ont fait quelques observations : je ne m'arrêterai qu'à celles de notre *Académicien*... Vous savez de qui je veux parler ? Je vous copie sa lettre. On ne dira pas, pour le coup, que ce soit l'Abbé Arnaud qui lui ait donné de l'esprit. La voici : ...

« J'AI lu & relu, mon cher Abbé, votre » délicieux Drame. Charmant ! charmant ! trois » fois charmant ! Il n'y a eu qu'une voix dans notre » petit cercle académique, bien entendu que ni » Morellet ni le *métaphorique* Mauri n'ont assisté » à la lecture.

» Je vous ferai pourtant quelques petites remar- » ques ; pardonnez-les à mon amitié. . . .

» La lettre à vos Éditeurs a d'abord prévenu » beaucoup de *chicaneries* sur les entr'actes, sur » l'unité, sur ceci, sur cela, sur milles choses que » vous saurez de reste, quand vous serez Acadé- » micien. On vous reproche de n'avoir pas mis » assez de gaieté dans vos scènes. Très-bien, qu'il » n'y ait pas de rôle à livrée ; le sujet n'en com-

porte

» porte nullement. Mais, ne pouviez-vouspas dans
» le nombre de vos Efclaves, choifir... Albert,
» par exemple; Piépape, fi vous l'euffiez mieux
» aimé ? Ils paraiffent; à-la-bonne-heure ; mais il
» fallait les amener particulièrement en fcène : il
» aurait été fort plaifant de leur faire *finger* les
» petites grimaces, de l'Archevêque ou le pédan-
» tifme de l'empefé Lamoignon... Et le Noir ! ah !
» pourquoi avoir omis le Noir ? Une pantomime
» d'*efpionnerie* dans les entr'actes, en aurait fait
» oublier la longueur ; une fcène *fourrée* dans
» quelque coin, aurait fait merveille.

» On vous reproche, oh ! l'on vous reproche
» fur-tout, d'avoir fait mourir le Lamoignon. Vous
» avez donc voulu défefpérer Dagoult : d'ailleurs
» était-ce la Place où il aurait fallu ?... Vous verrez
» que le Public de Paris fera un dénouement meil-
» leur que le vôtre. Les fcènes plaifantes de folie
» de l'Archevêque vous donnent des moyens ; je
» ne vous dis pas de lui faire prendre *des raves pour*
» *des Députés de Bretagne*, & *la bouche d'un poële*
» *pour un corridor* (*) ; mais... Mais, mon aimable
» Abbé, je m'apperçois que j'abufe de la permiffion
» que vous m'avez donnée : que voulez-vous ? Le
» Public vous admire ; je veux qu'il vous adore. »

(*) On connaît cette plaifanterie, qui n'eft pas fans
fondement.

D

« A PROPOS de la petite pièce que vous pro-
» jetez fur les tracafferies domeftiques ; n'oubliez
» pas des fcènes de famille pour l'Archevêque. Par
» exemple : il y a un *quidam*, de par le monde,
» employé dans les Greffes des Commiffions réli-
» gieufes, qui garde une petite fille, à laquelle
» Monfeigneur prenait plus d'un intérêt. C'était
» un Bureau d'adreffe que ce *quidam*, qui faifait
» réuffir, moyennant *tant*, les demandes qui paf-
» faient par fes mains. Il a pris voiture depuis
» l'avènement du Prélat. Voilà un canevas fertile. Et,
» relativement au *feu* Garde des Sceaux ; une fcène
» de fon domeftique mis à Bicêtre, pour lui avoir
» fouflé une Soubrette ; une autre fcène des léga-
» taires Baujon ; une autre de fes créanciers ; une
» autre de fes protégés & de quelques marauds
» demandant de l'emploi dans les Grands-Bailliages.
» Vous avez dû être au fait de tous ces détails : enfin,
» il y a *tel* placet de *tel* homme qui vaudrait de l'or.
» Voyez, examinez ; &, s'il vous plaît d'ajouter
» quelques nouveaux fleurons à votre couronne,
» comptez fur vos amis. »

Je fuis, mes chers Editeurs, &c.

SUPPLÉMENT

AUX NOTES.

Page 12, Scène II du premier Acte, ligne 7 : (*Aider un peu le foleil.*) — Ce n'eft pas fans raifon que le Public a craint pour les jours de M. d'Eprémefnil : s'il n'eût tenu qu'à l'affreux Lamoignon, ce Magiftrat refpectable n'exifterait plus, & fon nom ferait écrit en lettre de fang dans les faftes de la tyrannie miniftérielle.

Page 16, dernière ligne : (*Robert ! n'eft qu'un puant Janféniste.*) — Malgré la note que nous avons mife au fujet de cette expreffion, on nous a dit qu'elle avait choqué M. ROBERT ; nous ne pouvons le croire. Ce Magiftrat a trop d'efprit pour ne favoir pas, que dans la bouche d'un ennemi, & d'un ennemi tel qu'un Lamoignon, des injures font des éloges. Notre obfervation pourrait s'étendre fur M. LE COGNEUX DE BELABRE, que Lamoignon appellait *le Général Jacquot.*

Page 20, ligne 2 : (*Les droits locaux & de Coutume.*) — Ce font des droits que l'Archevê-que de Rouen perçoit à Dieppe, fur la *pêcherie,* les grains, &c., &c.; &c. Ces droits font im-menfes : il les a encore augmentés en fe rendant adjudicataire de ceux qui appartenaient au Bour-reau de cette Ville, qu'il a fupprimé par éco-nomie. Son Eminence a calculé qu'il en couterait moins de fe fervir de celui de Rouen, en cas de befoin. Voyez le Recueil des Privilèges, à la fuite de l'Hiftoire de Dieppe, deuxième vol., pag. 302. Cet ouvrage curieux *par fes recherches*, & qui peut être regardé comme une Hiftoire de la Marine Françaife, & un apperçu en grand de la Marine de l'Europe, fe vend, à Paris, chez Defauges, Libraire, rue Saint-Louis du Palais. (C'eft cet honnête Libraire qui nous a donné cet article, le jour de fa fortie de Charenton, où il a été enfermé avec quelques-uns de fes Confrères, par une précaution du Lamoignon & de l'Archevêque de Sens qui crurent empêcher par-là que cette Pièce parût.)

Page 60, Acte II, fin de la Scène IV. (*Comment es-tu avec BARENTIN ?*) — Le vœu public appellait aux Sceaux le vertueux M. D'ORMESSON. Des perfonnes qui connaiffent & apprécient le mérite de M. D'AMÉCOURT, auraient voulu le voir parvenir à cette place, qu'il eft fi digne de remplir... M. DE BARENTIN y a été nommé. M. LE COMTE D'ARTOIS a, fans doute, beaucoup influé fur cette nomination; & M. DE BARENTIN s'eft trop bien montré dans toutes les circonftances, pour ne pas juftifier le choix qu'on a fait de fa perfonne. Il l'a déjà juftifié : la Déclaration du Roi en eft une preuve. Tout concourt enfin, à donner de fon miniftère, la plus haute opinion. La Nation a les yeux fixés fur lui. Voudrait-il tromper fes efpérances ?... NON.

Page 61 : (*A l'exception de quelques vils coquins,*

qui, comme votre BASSET *de Lyon.*) — On nous a affuré que ce feul mot fur le BASSET, avait fait faire deux contrefaçons de cette Comédie à Lyon.

Page 63, ligne 7 : (*Le bannal* MIRABEAU,) Auteur de la Réponfe aux alarmes d'un bon Citoyen. On efpère que l'épithète de *bannal*, que nous lui donnons, fera appréciée par MM. Pan-chot, Clavières, les Coulteux, & tous ceux à qui fa BANNALITÉ a coûté *fi cher*, & pour SI PEU DE CHOSE! ... &c., &c. Voyez la note fuivante.

Page *idem*, ligne 16 : (BEAUMARCHAIS! *fi donc! fi!* &c.) — Quelques perfonnes ont été étonnées que, dans cette Comédie, nous n'ayions point donné de rôle ni à Beaumarchais, ni au Comte de Mirabeau : c'était bien notre but ; nous avons même cherché ceux qui pouvaient leur convenir ; mais nos recherches ont été vai-nes ; nons n'en avons pas trouvé d'affez BAS pour l'un, ni d'affez *PUR* pour l'Ecrivain*VIERGE*.

Page 70, fupplément à la note : (LE NOIR, *honnête homme!*) — Malgré l'exceffive candeur de M. le Noir, candeur qui eft inconteftable, puifqu'il a pour cautions, Suard, Beaumarchais & un Arrêt du Confeil, malgré les belles attef-tations de probité que lui délivre Garat dans toutes les fociétés, pour faire fa cour à Madame Suard ; malgré les bordereaux & les mémoires de frais acquittés pour payer fes apologiftes, & arrêter les ouvrages dirigés contre lui ; malgré fes diners fréquents, fes careffes & l'argent qu'il prête emphytéotiquement à des femmes charmantes, auxquelles il a la délicateffe de ne pas demander de billets ; croirait-on, que ce digne Citoyen avait un peu perdu dans l'eftime publique ? Pour fe réhabiliter, & en même temps , devenir utile à fa Patrie, à fon Roi, & à M. de Lamoignon, il s'eft fait, dans ces derniers temps, chef d'un efpionnage particulier, très-bien payé & très-bien fervi.

Page 77, fin du fecond Acte. — Ce qu'on fait dire à l'Ex-garde des Sceaux a paru un peu violent : mais fi les perfonnes qui en ont été choquées, avaient été témoins de fes fureurs, lorfqu'il a reçu la lettre de Dijon , elles conviendraient qu'on n'en n'a pas dit affez.

Page 89, ligne 15 , de la Scène IV. — On fait actuellement que les calomnies débitées contre la perfonne de la Reine, font toutes de l'Archevêque & du Lamoignon. La maniere adroite dont ils les débitaient, leurs reticences perfides, leurs demi-confidences, leurs doutes même ; tous ces moyens odieux repris en fous-œuvre par les Mauri, les Albert, les Piépape, les Morellet, &c., n'auraient pas manqué d'enlever à la Reine, l'amour & l'eftime de fes Peuples, fi cette Princeffe n'avait pas eu pour les combattre & en détruire l'effet, fes vertus, & l'opinion de la partie faine de la Nation.

Page 92 , lignes 4 , 5 & fuivantes : (*Sans le cher Marquis, qui nous a procuré un certain* LE BOULLENGER, *&c.*) — Ce le Boullenger, Imprimeur du Parlement de Rouen, avait la confiance de plufieurs Confeillers & Avocats ,

&c. La *bonacité* du Personnage, sa *bétise*, son *bavardage*, ne le rendaient aucunement suspect. Le Marquis d'Harcourt ayant déviné le caractère du Personnage, prit le parti de s'en servir afin de savoir tout ce qui se passerait à Rouen. Pour se l'affider, il usa du moyen qu'il avait employé auprès des Officiers du GRAND-BAILLIAGE, auxquels il donnait des dîners que Lamoignon payait. Le Boullenger, étourdi de l'honneur qu'il recevait, de se trouver à la table d'un Marquis, aurait fait mettre tout le Parlement au vieux Palais (la Bastille de Rouen.) Me Delaunoy, Avocat, Me Macaclin, Procureur estimable, quelques autres Officiers attachés au Parlement de Rouen, & le Portier de M. de Belbœuf, Procureur-général, furent les victimes de cet homme vil... Le Boullenger avait trouvé un secret merveilleux pour vendre avec sécurité tous les écrits clandestins contre le Ministère. Il affectait d'imprimer tout ce qui était contre les Cours supérieures, & il accusait ses confrères, d'imprimer ce qui était en leur faveur. Delà, des visites les plus sévères chez ses confrères ; & , le Syndic le Boullenger jouissait paisiblement du fruit de son stratagême. (On peut consulter, sur la *véracité* de cette note le Marquis d'Harcourt.)

Page 93 : (*Comment ! cette femme a l'audace de présenter ici l'épouse d'un révolté !*) — Le langage de M. de Lamoignon au sujet de Madame D'É-PRÉMESNIL, peut donner idée de la manière dure avec laquelle l'Ex-garde des Sceaux accueillait les personnes qui firent quelques démarches auprès du Tyran, pour l'engager à adoucir la détention de ce Magistrat qu'il avait résolu de faire périr de douleur & de désespoir, dans les horreurs d'un cachot.

Page 94, Scène VII. — La premiere édition de cette Comédie a prouvé que nous avions deviné juste sur cette catastrophe.

Page 95, ligne 14 & 15 : (*NECKER ! notre Cabale triomphe.!*) — Quoique l'Abbé de Vermond soit très-convaincu que les malheureux emprunts de M. Necker, ont fait naître le jeu dévorant de l'Agiotage, & préparé bien des maux ; il n'a pas prétendu cependant inculper les vues nouvelles de ce Ministre. Voici le fait :

— « Le sieur Fournier, ami de M. Necker, & » qui avait des relations avec Lamoignon, joua » d'intrigue avec ce dernier pour élever son ami : » il lui persuada deux choses bien importantes ; » 1°. que la place reprendrait faveur aussi-tôt » l'arrivée de Necker, (Et ce point était vrai); » 2°. que M. Necker, *qui n'aimait point les Par-* » *lements* , arrivé au Ministère, le soutiendrait » dans ses vues. (Ce point était faux, & si absurde, » qu'il fallait être un Lamoignon pour donner » dans le piége.) Car M. Necker calcule trop » bien, pour ne pas s'appercevoir, que, dans un » moment de crise aussi cruel , il s'agissait de » rétablir le crédit; que, pour rétablir le crédit, » il fallait rétablir la confiance; que, pour réta- » blir la confiance, il fallait que Lamoignon fût » chassé, & que les Parlements reprissent leurs » fonctions. »

Page 97, ligne 2 & suivantes. — Les avis salutaires, donnés par quelques amis, au Garde des Sceaux ; l'efpèce d'injonction que lui avait faite, ou fait faire M. le Comte d'Artois ; ne purent le déterminer à donner fa démiffion. Il comptait tellement fur la cabale qui le foutenait, & fur l'afcendant qu'il fe perfuadait avoir pris fur l'efprit du Roi, qu'au dernier moment, il doutait encore de fa difgrace ; tant fon entêtement & fa vanité étaient exceffives !

Scène VIII, pages 97 & fuivantes. — Les démarches du Comte de Montmorin auprès de M. le Comte d'Artois, pour foutenir Lamoignon, expliquent affez aujourd'hui pourquoi & comment le Courrier de l'Europe foumis à la cenfure du Miniftère ayant le département des affaires étrangères, fe permettait périodiquement des forties auffi indécentes fur les Parlements & les perfonnes qui étaient du parti anti-miniftériel. Il faut efpérer que le renvoi prochain de ce Miniftre, (auquel on donne, encore une fois, le confeil de faire une prompte retraite,) en ramenant le bon ordre, déterminera le Gouvernement à flétrir à jamais un papier proftitué à la plus vile canaille, & qui eft un répertoire continuel d'injures, de trivialités, & de la plus dégoûtante calomnie.

Page 100, (*Au fujet de la penfion de 4000 liv. accordée à DAGOULT.*) N. B. Desbrugnières, qu'on a mis fi fouvent en parallèle avec Dagoult, difait publiquement que, malgré qu'il fût forcé, par état, de faire le métier de capturer les gens, il n'aurait pas voulu à fi vil prix compromettre son *honneur*. Quoique l'idée d'*honneur* & d'*homme de Police* ne se concilie guère ; ce mot paraît fixer l'opinion qu'on doit avoir sur l'ignoble Dagoult.

Page 105, &c., Scène XI. — Il est constant que Lamoignon & l'Archevêque ont donné des preuves non équivoques, & les plus plaisantes, d'aliénation d'esprit.

Fin du Supplément aux Notes.

www.ingramcontent.com/pod-product-compliance
Lightning Source LLC
Chambersburg PA
CBHW060911180626
46818CB00004B/1919